# STO

**Dies ist die letzte Seite des Buches!
Du willst dir doch nicht den Spaß verderben
und das Ende zuerst lesen, oder?**

Um die Geschichte unverfälscht und originalgetreu
mitverfolgen zu können, musst du es wie die
Japaner machen und von rechts nach links lesen.
Deshalb schnell das Buch umdrehen und loslegen!

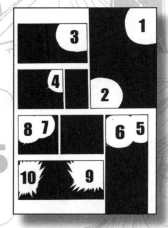

So geht's:

Wenn dies das erste Mal sein
sollte, dass du einen Manga
in den Händen hältst, kann dir
die Grafik helfen, dich zurecht-
zufinden: Fang einfach oben
rechts an zu lesen und arbeite
dich nach unten links vor.
Viel Spaß dabei wünscht dir
TOKYOPOP®!

BLEACH

SHONEN JUMP MANGA

TITE KUBO

morgens Schule -
abends Tod und Geister

WWW.TOKYOPOP.DE

TOKYOPOP

Light ist der absolute Überflieger und so gut in der Schule, dass ihn selbst die Aufnahmeprüfungen zu einer Elite-Universität langweilen.

Doch eines Tages findet er ein rätselhaftes Notizbuch, ein »Death Note«. Wenn man in das Notizbuch den Namen eines Menschen schreibt, so stirbt dieser Mensch. Light findet schnell eine Verwendung für das Notizbuch. Er macht es sich zur Aufgabe, dass Böse aus der Welt zu entfernen. Doch es stellt sich ihm die Frage, wo man anfangen soll ... und ob man jemals aufhören kann ...

Ein kleines Notizbuch, das dieser Todesgott in der Menschenwelt hat fallen lassen...

... sollte zu...
Auslöse...
werden...
für ein...
erbitter...
Kampf...
zwischen...
zwei R...
erwä...

SHONEN JUMP MANGA

DEATH NOTE

Text: Tsugumi Ohba   Zeichnungen: Takeshi Obata

Autor: TSUGUMI OHBA
Zeichner: TAKESHI OBATA
Genre: Krimi/Mystery
Abgeschlossen in 12 Bänden

Erhältlich in allen guten Manga-Verkaufsstellen.

www.tokyopop.de

TOKYOPOP
School Rumble
Jin Kobayashi
SCHULE, LIEBE UND ANDERE KATASTROPHEN...
ALS MANGA UND ANIME-DVD BEI TOKYOPOP !
© 2003 Jin Kobayashi. All rights reserved.
www.tokyopop.de

DAS ERWARTET EUCH IM NÄCHSTEN BAND VON

SHONEN JUMP MANGA

100% Strawberry

Die Sache mit Nishino geht natürlich gründlich schief – ihre Mutter macht ordentlich Stress, weil sie nicht, wie angekündigt, bei einer Freundin übernachtet hat! Bevor sich die beiden trennen müssen, schenkt Junpei der ganz aufgewühlten Nishino aber noch einen Erdbeeranhänger – passend zum Höschen. Volltreffer, Junpei! Wäre da nicht das unbekannte Mädchen, welches dir aus Dankbarkeit oder einem anderen ehrenhaften Grund ihr Höschen zeigt und von Nishino prompt dabei ertappt wird. Das sind das die besten Voraussetzungen, damit aus der anstehenden Klassenfahrt nach Kyoto eine klasse Fahrt mit fruchtig-frischen Begegnungen wird.

Ein Geschenk von Satsuki?!

Manaka wird am Weihnachtsabend ein Geschenk von mir bekommen!

Das Geschenk bin natürlich ich!! ♡

TSCHICK

HUFF

Leider ist das über den Balkon nicht ganz so einfach...

Ich bin kein Dieb, sondern ein süßer Weihnachtsmann!

Ist da draußen jemand?!

Ein Dieb, Junpei! Ruf die Polizei!!

Rrrraaah!!

Uff!

Du hast meinen Fall abgefedert, aber...

... jetzt lass mich bitte los! Hilfe!!

Satsuki-chan ist vom Himmel gefallen!!

Sie ist bestimmt mein Weihnachtsgeschenk! ♡

RUTSCH!

Und der Einbrecher?

Warum bekomme ich jetzt alles ab?!

Ein Perverser an Weihnachten ...

Satsuki?! Was ist passiert?

Auch hier gibt es Raureif

Wir haben sogar Raureif!

Ist das kalt heute!

TWAPP

Ich habe meine Kontaktlinsen verloren!

Jetzt kann ich nichts mehr sehen!

Das ist ja unerträglich!

Sogar auf dem Asphalt ist Raureif?!

Oh!

ZITTER

Tojo-san! Das ist Komiyamas Kopf!!

Das ist ja unerträglich!!

UAAAH!

»Er ist ausgerutscht.

Strawberry 100%
Theater in vier Panels

Nun folgt ein Manga in vier Panels, der gleichzeitig im Shonen Jump erscheinen sollte. Verzeiht mir bitte, dass sich deswegen ein kleiner Unterschied in der Jahreszeit erkennen lässt!

Sommerferien mit Schmerzen in der Brust

Könnten Sie vielleicht ein Brüste-Ranking erstellen?!

BLA BLA
Ich habe dir etwas mitgebracht!

Lasst uns anhand unserer Brustgröße entscheiden, wer welches Stück bekommt!

TSCHUNK
Ich habe einen Kuchen gebacken!

Aber da stimmt doch was nicht!

Sie hat Hausaufgaben für die Sommerferien mitgebracht!

Stimmt doch gar nicht!

HALLO?!

Wenn die Brüste groß sind, muss man besonders viel essen!

STAUN...!!

Ach ja...

... hätte dann sie mir irgendwann mal eine gemacht?

Wenn ich ihr damals keine Liebeserklärung gemacht hätte...

Hi hi hi...

Jetzt habe ich's gesagt...

Ich habe Nishino also schon viel früher gefallen!!

Ha ha ha ha ha ha!!

Ha ha ha ha ha ha...

Auch egal! Es gab also einen ganz bestimmten Grund.

Habe ich jetzt einen wunden Punkt bei dir getroffen?!

Und ich dachte, ich hätte sie mit meiner Turnübung überzeugt.

Ich war danach so beschäftigt, dass ich die Sache bis zu deinem Liebesgeständnis vergessen hatte.

Wir alle waren total nervös wegen der Prüfungen und da kommt einer an und widerspricht einem Lehrer.

Und was war jetzt so toll an der Geschichte?

Es war total komisch, wie ihr rumlaufen musstet und alle euch angefeuert haben. Das war zwar keine Meisterleistung, aber...

Ich dachte, sie würde dir gefallen!

... du hast dich damit in mein Gedächtnis eingebrannt.

Ich war so froh, dass es jemanden wie dich gibt!

Ich kann mir kaum vorstellen, dass ich dir vorher aufgefallen bin.

Außerdem hatten es ja fast alle Jungs auf dich abgesehen!

Sag mal, warum...

... hast du damals nach meiner Liebeserklärung eigentlich Ja gesagt?

Das weiß ich!

Das war eine ganz dämliche Frage von mir! Ist mir nur plötzlich eingefallen!!

E...entschuldige!!!

HUCH

Wie?!

Du hast dir ja überhaupt nichts gemerkt!

Wann denn? Mit meinem Club?

Es war in der dritten Klasse kurz vor den Sommerferien...

... und du bist zusammen mit deinen Freunden zig Runden auf dem Schulhof gelaufen.

Ähm...

Was?!

Oh...

Will sie vielleicht, dass ich wieder Klimmzüge mache...

... und auch noch laut schreie, dass ich sie liebe?!

Wollte sie mich wieder mit ihr zusammen sehen?!

Das Klettergerüst, an dem ich Nishino meine Liebe erklärt habe!!

Ich liebe dich...

...das haben Komiyama und ich kaputt gemacht...

Ups...

Was?!

Guck, das Blumenbeet haben sie immer noch nicht ausgebessert!

Oh Gott! Was bin ich aufgeregt!!

Sie will uns bestimmt in Stimmung bringen!!

Ja, der Volltrottel war ich...

Ha ha ha...

Weißt du, wer da mitten im Winter reingesprungen ist?

Hach, Kochosenseis Teich...

Es hat sich ja gar nichts verändert!

Worüber muss man reden, damit eine romantische Atmosphäre entsteht?!

Wenn wir so weitermachen, klappt das mit der Stimmung nicht!

Was?

Willst du nicht langsam zurück, Nishino?

Jetzt sind wir auf dem Schulhof.

Es ist keiner da, also kann uns niemand sehen!

Willst du nun, oder willst du nicht?

Das ist doch gefährlich!

Außerdem will ich nur meine Erinnerung an uns wiederbeleben!

... zu der niemand da ist, alte Erinnerungen aufleben lassen...

GU GU CULP

Wenn wir um diese Zeit...

Die Schule erhöht den Reiz der Sache irgendwie ganz gewaltig...

... so wie damals, als ich mit Tōjo im Geräteraum oder mit Satsuki im Clubzimmer war.

Was für ein Glück...

SCHWING

Auweia, ich denke schon wieder daran!!

Wenn du meinst...

Au!

Ich glaube schon...

Alles in Ordnung?!

DONK

... mal wieder mit dir zusammen hierher kommen!

Seit unserer Abschlussfeier sind schon eineinhalb Jahre vergangen!

Hach, war das schön damals!

Zu unserer Mittelschule?

...

Dann lass uns doch reingehen!

Jetzt, wo ich da bin, würde ich auch gern mal wieder reinschauen.

WUPP

Du scheinst keine Lust zu haben...

... aber eigentlich bin ich nach all dem auch ziemlich müde.

So toll wird ihre Erinnerung daran wohl nicht werden!!

SCHOCK

LACHEL

Jedenfalls nicht, wenn du mich jetzt machen lässt!

Aber das macht nichts!

Verstehe...

... schließlich hat heute überhaupt nichts geklappt.

Wer hat hier gesagt, dass ich keine Lust habe?!

Gerne! ♡

SEUFZ

Jedenfalls nicht, wenn du mich jetzt machen lässt!

Ich wollte endlich...

Wir werden zum ersten Mal XXX haben?!

ERRÖT

Ins Hotel?!!

Wohin denn?!

Wir gehen!

... wollte ich mit meinem Liebsten die Nacht verbringen.

An meinem 17. Geburtstag...

Ähm... hi hi...

Ausgerechnet heute habe ich meine zerrissenen alten Unterhosen an!

Und wie kriegt man jetzt diesen verdammten BH auf?!

Ähm...

Ich will mich immer daran erinnern...

Wie lange ich schon auf diesen Moment gewartet habe!

Ich mache gleich bestimmt irgendetwas falsch!

Ob ich Nishino so gefalle!?

KAPITEL 80
Campus der Erinnerungen

Ja...

... sehr
gerne...

Das
heißt
doch,
dass...

Wir werden
bis morgen
Früh zusam-
men sein?!

DODOMM

Wieso?

Ich werde bei Tomoko übernachten!

Danke!

Darf ich schnell mal zuhause anrufen?

Herzlichen Glückwunsch, Nishino!

DODOMM

Genau...

... jetzt habe ich Geburtstag!

Darf ich nicht?

Ähm...

Ich dachte...

... dass sie mit mir zusammen Geburtstag feiern wollte...

... wollte sie jetzt noch mit mir zusammen sein!!

J...ja...

Ich wollte bis zwölf hier-bleiben.

Schließlich habe ich ja erst dann Geburtstag.

Du bist nicht heim-gegangen?

...

HUFF

HUFF

Also dann, bis morgen!!

Keine Angst, wir ziehen das Zeug wieder für dich an!!

Dummerweise haben wir jetzt aber kein Werbevideo!

Gute Nacht!!

He! Es ist gleich zwölf!!

Manaka und ich müssen da lang!

Ich hatte ihr ja versprochen, dass wir uns nach der Geburtstagsfeier treffen.

Irgendwas wollte mir Nishino doch noch sagen...

Weißt du, was ich gehört habe? Satsuki soll keinen BH angehabt haben! Keinen BH!!

Aber um diese Uhrzeit?

DOKI!
DODOMM DODOMM
DOKI!

Ich weiß nicht, ob Nishino so denkt wie ich...

Und außerdem... he! Manaka!!

... aber bestimmt...

Ich habe was vergessen!!

...

Das habt ihr gut gemacht!! Ihr seid jetzt in Sicherheit!!

DOSCH

Es sind überlebende in Zimmer 202!!

... ha ha...

Ha...

Nett vom Chef, uns als Entschuldigung bei sich zum Essen einzuladen.

Er hat uns sogar was zum Anziehen gekauft!

Das war aber ein aufregender Tag heute!!

Mir würde es nichts ausmachen...

... aber nur, wenn der, den ich liebe, bei mir wäre.

Wenn ich jetzt sterben müsste...

... dann hätte ich vorher wenigstens...

... gern gewusst, wie es ist, von jemandem mit Liebe überschüttet zu werden.

Oh, oh...

Nishino!!!

Ähm...

... musste ich gerade jetzt Cosplay machen?!

Ich will nicht mehr!

Warum...

Ähm... ja...

TWINGG

Das ist völlig absurd!!

... und dann noch den Kopf voll mit solchen Gedanken...

Uaaah! Ihre Brüste!!

WIPP

In einem solchen Notfall...

Gut!

... in solcher Kleidung...

... wenn ich in dem Aufzug sterben muss?!

Was...

Ja?

Im Jahr 1999...

... gab es das Gerücht, dass die Welt untergehen würde.

Sterben?!

Nein, wir werden bestimmt gerettet!!

Ha... ha ha...

Wir müssen tief runter!

Halt dir das Handtuch vor den Mund, damit du den Rauch nicht einatmest.

Sonst können wir nur noch auf Hilfe warten!

Ha ha...

Entschuldige, dass ich dich bewundert habe!

Ach so...

Ich weiß das, weil ich Katastrophenfilme liebe!

Wie schnell du auf so eine Situation reagieren kannst!

Hä?

Du bist toll, Junpei!

Nein...

Ich bin bei so was total dämlich...

Ansonsten könnte ich jetzt nicht an *so was* denken...

Ich bin der, der dämlich ist!

Was?

Oh Gott!

Aber doch nicht in so einer Situation!

Uaaah! Der Rauch wird immer dichter!!

Wenn wir nicht schnell rauskommen, dann...

WAMM

Die ist doch ungeheuer wichtig!

Mache ich!

Ruf Sotomura an! Schnell!!

Ich dichte derweil den Türspalt mit einem Hemd ab!!

Nishino! Ist in der Tasche da drüben ein Handy?!

Der Rauch ist stärker als vorhin, das Feuer hat sich ausgeweitet!

SWIPP

*Hawaii-Show

Draußen wird's immer schlimmer! Sollen wir hier warten, bis wir gerettet werden?

In ein paar Minuten kommt die Feuerwehr!

Was meinst du, Nishino?

Ja...

* B1

Ein Feuertanz im China-restaurant?!

Kein Wunder, dass es da brennt!

Wir sind in höchster Gefahr und sie rennt davon?!

NISHINO?!

Nishino?!

Na, so was...

Nishino?!

Nicht schlecht, Satsuki.

Hm?

HUCH

WUSCH

Weil wir was vergessen haben!

Deine Kamera, Junpei!

Junpei?!

Warum bist du zurückgelaufen?!!

DENGELDIDUSCH

Wie lange wollt ihr noch auf mir liegen?!

Angel-Kick!

Uff...

ムギュ RUBBEL
ムギュ RUBBEL

Jetzt habt ihr die Kamera kaputt gemacht...

... aber die gehört ja eh Manaka...

SWUSCH

Was ist los, Tojo?

Ich glaube ich habe Kitaojis Brust berührt.

Manaka darf das... aber sonst niemand!!

Aber auch er nur an einem stimmungsvolleren Ort!

Uaaah!!!

Es stinkt nach Rauch!!!

Oh nein!!

Der ganze Flur ist voll davon!!!

Wer war das!/? Wenn es dunkel ist, heißt das noch lange nicht, dass man fummeln darf!!

Argh!

Alles in Ordnung, Kitaoji?!!

STÜRZ

Genau! Du schamlose Type!!

Wa... waaas?!

Man kann fast nichts sehen...

TWINGG

... aber ich stecke wohl in einer außergewöhnlichen Klemme.

TWINGG

HMPF

Iiih!!!

Hört endlich auf zu drücken! Uaaah!!

WOMP

Satsuki-chan!!

Satsuki!!

FUMMEL
FUMMEL
FUMMEL
FUMMEL
FUMMEL

Entschuldige, Satsuki!! Nein!!

Bist du schwer!!!

WÜHL

Rrraaah! Entschuldige!!

KABOOOOM

PIK

Was?! Eine Explosion im China-restaurant?!

Ja, ich bin's...

Was war das?!

He!!

GRABSCH

Beruhigt euch! Unsere Augen gewöhnen sich an die Dunkel-heit!!

Iiih!!!

Wer fummelt da an meinen Brüsten rum?

Eine Explosion?! Sind wir noch sicher?!

Ein Strom-ausfall!

WHPP

Einen Moment! Ich frage besser nach!!

Ähm...

Es tut mir leid, aber es geht einfach nicht!!

Ich kann nicht singen!

Was ist, Tojo?

Singt das Lied von den wunderbaren Chelsea Angels!!

Nein!!

Nein!

Mach schon!

Nein!

Tja...

SCHWUPP

Das Problem hatten wir doch schon...

Es reicht, wenn du die Lippen bewegst, Tojo!

Aya Tojo kann nicht singen...

Vielleicht kann ich's mal brauchen...

Und jetzt singt!!

Lass das, Sotomura! So was gehört sich nicht!!

Mach doch! Mach doch!!

Tatsächlich!

ぽかーーん STAUN

Ja! Jetzt habe ich's!!

Ihr seid der Wahnsinn! Fantastisch!!

Aus dem Actionfilm, der diesen Sommer so erfolgreich war!

きゃ はずか

やだ

NE...IN!

...IIH!!!

WIE PEINLICH!!!

...und sitzt bei allen dreien wie angegossen!

...sieht entschieden besser aus als an den ganzen ausländischen Schauspielerinnen...

Passt perfekt, ist supersüß...

Was sagt ihr nun?! ♥

Wir sind die japanischen Chelsea Angels!!

KAPITEL 79
Birthday Panic

Für die Brüste brauchst du dich wirklich nicht zu schämen!!

Was?!

SCHLÜPF

Gut! Ich probier's auch an!!

liih!!!

Toll! Sind die groß!!

Lass uns die Stimmung auf dem Schulfest zum Kochen bringen, Tojo!!

TWINGG

WUPP

Einmal im Leben muss man so was ausprobieren!!

Du siehst toll aus, Satsuki-chan!

... wenn ihr's auch anzieht...

Tja...

Manaka werden wir bestimmt gut gefallen...

Ich will sie endlich sehen!! ♡

Ja! Ja!! Ja!!!

Was spielen sie?!

Zimmermädchen? Krankenschwestern?!

Hi hi hi... die Videokamera ist einsatzbereit.

Fertig!

KLACK

Was soll der Unsinn?!!

So was Peinliches werde ich niemals anziehen!!

Was habt ihr euch dabei gedacht?! Ihr seid doch das Letzte!!

Also... also... ähm...

*Karaoke

Außerdem müssen wir eure Beliebtheit ausnutzen!

Ich bin sicher, dass euch die Klamotten ziemlich gut stehen!!

Wenn ihr das anzieht, lade ich euch zum Essen ein!

Aber, aber! Wir wollen doch dieses Jahr einen Knüller produzieren!

Auf euren Charme kann der Fifo dabei nicht verzichten!

Na ja, ein Werbevideo eben!

Außerdem wollte ich heute ein Promotion-Video mit euch drehen.

Ein Promowas?!

Was wohl?! Der Laden gehört meinem Sohn!

Was machen Sie denn hier?!

* »JOY S Hyper« Karaoke

Hm?

Hi hi... wir haben eine wichtige Sache vergessen...

... aber ich bin nicht leicht zufrieden zu stellen...

Danach wird Manaka meinen Roman weiterlesen!

Danach werde ich mit Manaka aufs Konzert gehen! ♡

Wir sollen das anziehen?!!

Oh...

Was?!

Damit drehen wir nun eine Spezialszene mit den Mädels!!

Satsuki Kitaoji

ROSE

Kostüm für Tsukasa Nishino

Tsukasa-chan!

Herzlichen Glückwunsch zum Geburtstag!!!

Wenn du umgezogen bist, dann weißt du's!

Ich weiß zwar nicht, was das bringen soll...

Ach ja... wir müssen noch Aufnahmen machen...

Der ist für dich!

Oh! Danke!!

So, würdet ihr Mädels euch jetzt bitte umziehen?

Natürlich! Natürlich!!

Mussten wir uns denn gleich ein ganzes Stockwerk im Karaoke mieten?

Hier ist der Umkleideraum.

Der Fifo will für mich eine Geburtstagsparty schmeißen?!

Was?!

Mir bleibt also...

... nichts anderes übrig, als mir einen Alternativplan zu überlegen.

Aber mit Tojo und Satsuki...

Sieh zu, dass du das irgendwie hinbekommst!

A... aber...

Was für eine nette Idee!!

Ich wollte euch eh schon längst alle wiedersehen!!

Also... ich dachte... dass wir es besser nicht länger geheim halten...

... auch wenn es eine schöne Überraschung gewesen wäre...

... aber...

A...aber natürlich! ♡

DODOMM DODOMM

... darf ich dich dann bewirten?

Und danach...

Uff, Glück gehabt.

Sieh zu, dass du dich mit unserer Hauptdarstellerin Tsukasa Nishino verabredest!!

Trommel alle zusammen! Wenn wir nicht weiterarbeiten, wird es dieses Jahr nichts!!

Was ist los?! Hast du mir nicht zugehört?!

Meinetwegen, aber...

Doch...

... aber ich habe am 15. eine Verabredung mit Nishino, Tojo und Satsuki.

Ja und?

Ist doch prima, wenn ihr vier euch da treffen wolltet.

Was?!

Prima! Wir werden ihren Geburtstag einfach im Fifo feiern!!

Ich habe Nishino doch versprochen, mit ihr Geburtstag zu...

Moment mal!

Dann nehmen wir alles am 15.9. auf!!

GULP...

Ma...
Manaka?!!

Wer hat dich
in der Pause
mit Blättern
zugedeckt?!!

Oh mein
Gott!!

Hm?!

TAPP
TAPP
TAPP

Egal, halt
dich fest! Wir
können unseren
Film so nicht
beim Schulfest
bringen!!

Warum
siehst du
denn so alt
aus?!

Ha ha...
mit mir
ist es zu
Ende...

*-sensei: Anrede für Künstler, Lehrer, Ärzte, Anwälte, Politiker etc.

Was?!
Dann lass
uns sofort mit
Tojo und deiner
Schwester den
Film ansehen!!

Es
fehlt noch
eine extrem
wichtige
Sache!!

Hä?

Nein,
bitte
nicht mit
Misuzu!!

Kurokawa-
sensei* hat
mich darauf
hingewiesen!
So bekommen
wir niemals die
Bude voll!!

KADONK

Vielleicht sollte ich erst mal zu Tojo gehen und...

So, wie sie sich freut, kann ich sie nicht enttäuschen.

Hallo Manaka!

Und außerdem...

... ist mir eine prima Idee gekommen, jetzt, wo du endlich mal wieder in meinem Roman lesen wirst.

Ähm... ja...

Wir können den Multimediaraum beim Schulfest benutzen!

Hoffentlich schaffe ich's...

Sag das doch bitte auch den anderen!

Vom Winde verweht

Ich habe heute bis drei Uhr morgens geschrieben!

Bis zum 15. werde ich noch viel mehr schaffen!

Morgen, Manaka!

Ah!

... und nun muss ich Tojo und Satsuki wieder absagen.

Ich habe einfach überall zugesagt...

Hach...

SEUFZ

Ich habe mir gestern Klamotten fürs Konzert gekauft! Für 30.000*!!!

Hör mal!!!

Morgen...

... ähm... Satsu...

*ca. 200 Euro

Aber so wird der sexy Kerl mein Gefangener und wir erleben eine wunderbare Liebesromanze.

Das Kleid sieht ungefähr so aus...

Uaaah...

Uaaah!

WIMPP

Satsuki

Aber noch viel lieber würde ich Manaka zu meinem Gefangenen machen!

Wenn ich nicht auffalle, guckt mich der Sänger nicht an!

Das ist doch Cosplay!

14 Tojo **15** Satsuki Nishino ~~16~~ Nishinos Geburtstag 17 18

... den Konzertbesuch mit Satsuki kann ich auch nicht verlegen...

Tojos Einladung könnte ich ausschlagen, aber dann lädt sie mich nie wieder ein.

Ich muss zwar am 15. nicht arbeiten...

... aber ich kann Nishino nicht sagen, dass ich keine Zeit habe...

...

Das kriege ich niemals hin...

Neiiin! Nicht noch eine Verabredung am 15.!!!

Junpei! Wann schaust du denn endlich mal bei Yui vorbei?!

Wie wär's denn am 15.? Da ist ein Feiertag!

SCHMATZ

DRÜCK

Lass mich den ganzen Tag nicht mehr los!! ♥

Ich werde dir den Tag auch ganz sicher versüßen!

Auch ganz sicher versüßen!

LECKR

He! An was denkst du schon wieder?!

Nimm mich, Junpei! ♥

Ich habe am 15. eine Ver- abredung mit Tojo und mit Satsuki!!!

Wa... warte doch!!

Also bis dann, Junpei!!

Du wirst dir den 15. bestimmt frei nehmen können, oder?!

Ähm...

In ihrem Zimmer?!!

Uaaah!
Da muss
ich hin!!
♥

Am 15. gehe
ich auf Tojos
Grillparty und
mit Satsuki ins
Konzert, am 16.
ist Nishinos
Geburtstag...

Der
September
wird ganz
schön
stressig...
♥

Tänzel

Tänzel

Wie schön!
Mama und
Papa freuen
sich ganz
bestimmt!!

Du
kommst
?!

Ähm...

... ich hatte
danach noch
was vor. Darf
ich am späten
Nachmittag
gehen?

Nun
muss ich
aber zur
Arbeit!

Ihr
Papa ist
Chef...

Tojos
Familie zu
treffen ist
mir irgendwie
etwas unan-
genehm...

Wenn wir dann noch die Leinwand verwenden könnten...

... aber ich glaube nicht, dass wir das dürfen...

Ach ja, Manaka?!

Ich werde auf der Versammlung fragen, ob wir den Multimediaraum bekommen können.

Wir bräuchten Stühle wie im Kino, damit die hinten auch was sehen können...

... und außerdem ein größeres Zimmer.

Der Tag, an dem das Konzert ist!

Mittags. Wenn du genug gegessen hast, darfst du...

Mittags? Oder abends?!

Bei mir zuhause ist am 15.9. Grillparty mit den Angestellten meines Vaters...

... und meine Eltern haben mir erlaubt, Freunde einzuladen.

... zu mir...

... in mein Zimmer kommen und meinen Roman weiterlesen.

Nimm dir nichts anderes am 15.9. vor, Manaka!

Ach so...

Wie?! Sie haben unser Preisgeld verprasst?!

KEIF

Von dem Geld, das ich letztes Jahr für euren fünften Platz bekommen habe, konnte ich oft in den Schönheits-salon gehen.

Und ich habe mich gefragt, warum der Clubbeitrag nicht erhöht wird?! Dieses jahr verwalten wir das Geld!!

Wenn ihr dieses Jahr gewinnen solltet, ist bestimmt eine Fernreise für mich drin! Vielleicht nach Italien! ♡

Ein Glück, dass das Konzert am 15.9. ist. Einen Tag später hätte ich...

... auf keinen Fall mitgehen können...

Natürlich nicht!!

* Filmforschungsclub

Das ist eine gute Idee.

Also... nun zu unserer Aktion auf dem Schul-fest...

Ich hätte gerne eine viel kinomäßigere Ausstattung.

Natürlich mag ich die!!

Nimmst du mich mit aufs Konzert?!

Bitte, bitte, bitte!!!

Haah haa Haah

Haah

Mein Ex-Chef hat sie mir geschenkt, weil ich immer so fleißig war.

Magst du Black Kong, Junpei?

Mist!

Was soll das auf dem heiligen Boden der Schule?!

Ach ja... wie geht es eigentlich mit eurem Film für das Schulfest voran?!

I...ich kriege keine Luft mehr...

KADUSCH

Um was bittest du denn?!

Lasst ihn mich bitte vorher noch sehen!

Ihr wollt ihn also einreichen?

Er wird super! Wir werden bestimmt einen Wettbewerb gewinnen!!

... hier hin!

Was willst du schon so früh am Morgen von mir?!

Du hast ja Nasenbluten!

Eine Karte fürs Livekonzert von Black Kong!!

Twingg Twingg

Was hast du in deinem Ausschnitt?!

Guck nicht da hin, sondern guck...

Du fällst über mich her, Manaka?!

Am 15.9., Reihe acht, in der Izmizaka-Halle!!

Toll! Wahnsinn!! Unglaublich!!!

W...wirklich?!

HUCH

Jaaa!!

Sehr gerne!!

Schließlich habe ich noch nicht darüber nachgedacht!

Sag mal...

Darf ich mir was wünschen, was ich schon ewig will?!

Bye bye!

Warte, Nishino!

Nishino...

SEUFZ

とろん...

Du hast wirklich nichts vor?!

Nishino!!

Hast du am 16.9. schon was vor?!

Weil...

... da doch dein Geburtstag ist, nicht wahr?

Letztes Jahr hatte ich noch nicht mal ein Geschenk für dich.

... dass du meinen Geburtstag niemals vergessen würdest.

Du hast mir letztes Jahr versprochen...

... wenn du noch nichts vorhast.

Natürlich nur...

Wenn dein Herz so schnell schlägt, muss irgendwas passiert sein...

... so aufgeregt bist!!

Weil du...

PATT

WIRBEL

Ähm...

Wirst du wieder probieren, wenn ich Kuchen backe?!

Ich muss zurück an die Arbeit!

Ha ha ha ha!

Das liegt nur am umarmt werden!

Und wenn sie mich so berührt, wird alles noch schlimmer!

...

Also...

... ähm...

ZAPP

SCHWUPP

?

Warum lachst du?

Hi hi hi hi hi

Weil... weil... ha ha ha...

Ha ha ha ha ha

Pffft...

BETRETEN VERBOTEN!

So was ist eine Umarmung...

... mein lieber Junpei!

SCHOCK SCHOCK

Hää?!

KAPITEL 78
Mal wieder Geburtstag

Wie konntest du das nur für eine Umarmung halten?!

... du bist ein Vollidiot!

TAPP

Nishi...

So was...

...

Was?

Ich habe gedacht, dass ich eine Kakerlake gesehen hätte und bin weggesprungen!

Kakerlaken sind nämlich das, was ich auf der Welt am meisten hasse!!

Ich wusste, dass du das gesehen hast!

Schließlich bist du direkt danach weggelaufen.

Ihr habt euch nur einfach so in der Küche umarmt?!

...

Waaas?!

Junpei-kun ...

Aber das tut nichts zur Sache.

ÄTSCHI

Er ist so interessant und so höflich, ich kann wirklich nicht behaupten, dass ich ihn nicht toll finde.

Ob das wohl stimmt?

Du hast übrigens Recht, ich bin verliebt in ihn.

... und das, obwohl wir uns näher sind als je zuvor...

Damals, als ich mit dir zusammen war, habe ich auch ständig an was anderes gedacht.

Seit wir uns getrennt haben, geht es mich nichts mehr an, was du mit wem machst...

Jetzt wird sie sauer...

... dass ich immer nur halbe Sachen mache...

Tut mir leid...

... zwischen mir...

... und ihm gar nichts läuft?

Nun muss...

... also sage ich nichts zu dir und Higure-san.

... und deswegen...

... endlich Schluss sein.

Und wenn...

Es ist doch immer dasselbe mit dir...

... nie zeigst du mir deine wahren Gefühle!

Du magst ja vielleicht welche haben, aber mir...

Ich will nichts wissen...

Wie?

Das könnte schiefgehen...

Warum denn?

...
mir
...

Glaubst du wirklich, dass es zwischen uns weiter gut geht, wenn wir unsere Gefühle verbergen?

Ist es denn schlimm, dass ich sie kennen will?

Hallo!

Ich bin kurz von meiner Arbeit weg...

... schließlich glaube ich, dass du was wissen wolltest...

Nishi... Nishino ...

Und wie willst du das machen? Dafür brauchen wir ein gutes Konzept.

Schön, dass du...

... so denkst wie ich!

Mache ich. Und jetzt gehe ich erst mal zum Literaturclub.

Ich hätte dieses Jahr gern mehr weibliche Gäste.

Schließlich haben wir einen ziemlich guten Film gemacht!

Hat sie das ernst gemeint? Glaube ich eher nicht, aber...

... so energisch gefällt mir Tojo sehr!

HAHAHA

Ja...

... freut mich auch!

Eindeutig ...

Tja ...

Bei der Konditorei stehen sie wieder Schlange...

...

... Tojo und ich liegen auf der gleichen Wellenlänge.

UAAAH
きゃあああっ

BLINK

Nein! Das wollte ich nicht!!

Ich habe Kitaoji nachgemacht und nicht gedacht, dass du reinkommen würdest...

Also, ich war wirklich nicht darauf vorbereitet...

... so was von dir zu hören...

Bist du deswegen gekommen?

...

... über die Werbung fürs Schulfest nachgedacht?

Hast du auch ...

Kitaoji hat das so toll hinbekommen...

...

... und ich wollte es für eine Figur im Roman verwenden.

Genau!

Außerdem sind wir ja nicht sehr viele, also müssen wir früh genug anfangen.

Klar!

Es ist doch enorm wichtig, Werbung für uns zu machen!

Solltest...

Solltest du
das tun...

... werde ich
über dich
herfallen!

...

Ja?

Beim Schulfest geht es schließlich nicht nur um unseren Film!

Ob wir die Schilder vom letzten Jahr wieder benutzen?

Die haben wir ja auf Sotomuras Initiative hin gebastelt...

Puh...

... hat sie diese Handbewegungen hinbekommen?

Tja...

... wenn ich das mit Manaka machen würde, dann...

Misuzu-chan wird bestimmt dagegen sein!

Ob wir dieses Jahr wieder Bikini und Schürze tragen?

...

Das eben von Kitaoji war auch nicht übel...

Egal, es kann mich ja niemand sehen.

Mein Gott, wie peinlich!!

... aber wie um alles in der Welt...

Genau so einen Charakter habe ich skizziert...

Ciao, Manaka!

Ciao!

Und wenn Sotomura fertig ist, brauchen wir nur noch aufs Schulfest zu warten.

Meinetwegen, so lange, wie er den Film nicht fertig hat...

... gehe ich auch lieber zum Arbeiten ins Kino.

Solange wir auf Sotomuras über-arbeitung warten müssen...

... kann ich doch auch zum Literaturclub gehen, oder?

Hä?

Es reicht, wenn er dann fertig ist, aber...

*Filmforschungsclub

Aber natürlich! Es gibt was zu tun!!

... eigentlich will ich nicht arbeiten gehen...

... aber es gibt im Club leider nichts mehr zu tun...

Hach...

Oh!

Wundert dich das?

Dann lern schön weiter, Junpei...

Warum nicht?!

Wa...

DODOMM

TUUUT
TUUUT
TUUUT

KLACK

Vielleicht war das in der Küche ja doch keine Umarmung?!

Ich habe die beiden nur für einen Moment gesehen!

Vielleicht ist ihre Beziehung ganz anders, als ich mir das zusammenreime!

Ich hätte sie einfach danach fragen können!!!

Neiiin!!!

POFF

Trotz-dem...

KAPITEL 77
Die Umarmung

Ich auch!!

Danke, Tojo!!

Argh!!!

...

Junpei scheint nicht wiederzukommen...

Ich bringe dir freundlicherweise die Hausaufgaben mit...

... die Hausaufgaben... warte, Sotomura!!!

Das war doch nur Zufall! Aber...

... und du hast ein Date mit Tojo?!

Das wird nicht passieren!

Ich kann perfekte Menschen nicht ausstehen!!

Sorry, aber ich muss jetzt gehen!

Okay! Danke für dein Omiyage!

Ach ja, heute wollte meine Oma kommen.

Oh, eine SMS...

Wieso wundert mich das jetzt?!

DIDELDÜ

Außerdem glaube ich nicht, dass ich mich mit so einem gut unterhalten könnte.

Ich freu mich schon riesig auf unseren fertigen Film!

Wir sehen uns in der Schule!!

... und jetzt reden wir, als wäre überhaupt nichts gewesen...

Eigentlich wollte ich sie seit dem Gasshuku am liebsten überhaupt nicht mehr treffen...

Hm...

Wie kommst du darauf?!

Du hast doch einen Lieblingsautor, oder?

Was würdest du machen, wenn er dich lieben würde?

Jemand, der älter ist als du und vor dem du Respekt hast.

Das passiert mir bestimmt nicht!

ERRÖT

Was?!

... du super mit ihm reden kannst...

Oh?

... und er einfach perfekt ist.

Stell dir vor, dass er total nett ist...

Na ja... irgendwann bist du Schriftstellerin und wirst ihn treffen!

Wir reden über Filme und Romane und sie eben über Kuchen.

Wir haben einen gemeinsamen Traum...

... so wie die anderen beiden.

Tojo...

Ich habe im Flugzeug meine Tüte mit der von jemand anderem verwechselt.

Mir ging's genauso...

Als ich zuhause in die Tüten mit den Omiyage geguckt hatte, waren da nur leere Schachteln und Dosen drin.

Gott sei Dank hatte ich die Omiyage für den »Fifo« in eine andere Tasche gesteckt.

Hi hi hi...

... ich bin so doof...

Möchtest du auch mal probieren?

Tojo ...

Ja?

Ja... aber nur eins!

Oh?!

?!

TAP TAP TAP

TAP TAP

Aber... bleib doch hier!

Junpei?!

Also... ähm...

Mir ist gerade eingefallen, dass ich noch was vorhabe...

Junpei ?!

Was ist los?! Musst du schon nach-hause?

KLACK

TAP TAP

TAP

Huch...

STÜRM

Junpei-kun!!!

*Die laufen in Japan überall herum.

Oh nein!!

Iiih! Entschuldige Ich hasse Kakerlaken!!

Das ist doch nur ein Schokoladenfleck!! Wie willst du Konditorin werden, wenn du solche Angst vor Kakerlaken* hast?!

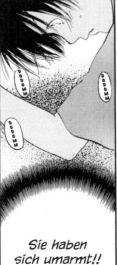

Sie haben sich umarmt!!

AHA

DONK

Ich hätte später kommen sollen.

Was sie wohl gerade machen?!!

Sie haben sich hier bestimmt schon zigmal getroffen!

Natürlich! Sie wollen nur nicht sagen, dass sie zusammen sind!!

WUSCH

Probier jetzt lieber meinen Kuchen!

...

Hi hi...

Nein... also...

Ist der Kleine dein Freund?

Was?!

Nein, keine Sorge ...

Hast du Geräte hier?!

Na klar!

Ich halt's nicht mehr aus!

Wie peinlich...

Wenn du beherzter rangehst, wirst du richtig gut.

Originell ist das aber nicht, deswegen bekommst du nur ein »C«.*

Hm...

Orange und Schokolade passen gut zusammen, finde ich...

*auf einer Skala von A bis C

Wenn du beherzter rangehst...

Worüber reden die denn?!!

... passen gut zusammen, finde ich...

Wie peinlich ...

... bekommst du nur ein »C«...

Er ist hübsch, ein Genie und kann unglaublich guten Kuchen backen...

Das in Verbindung mit Nishinos Gesicht eben...

... und dann hat er noch einen tollen Charakter.

... und es ist klar, dass sie ihn liebt!!!

Wie schön, Junpei-kun! ♡

Wenn es so wäre, dann müsste ich aber gerade...

Bis gerade eben hatte ich ein verdammt gutes Gefühl ...

HOPPLA

Das darf doch nicht wahr sein?!!

In ihrem Zimmer hat sie nur von ihm gesprochen!

Nishino war doch auch mit mir zusammen... und das bei meinem Aussehen... mein Gott, unglaublich!!

?

Nein...

OH

Ob Nishino wohl auch so über ihn denkt?!

Wahnsinn!!

Hach!

Wa...

Nein, wir sind nur beide ein wenig zu selbstgefällig...

Sorry, wenn er dir auf die Nerven geht!

Für mich ist das keine Arbeit, sondern eine Möglichkeit mich auszudrücken.

... die Kunden kommen wegen meiner Kreationen.

Ähm... das verstehe ich irgendwie nicht ...

... was läuft denn da zwischen den beiden?!

Wa...

Selbst ich als Mann finde nichts, was an ihm auszusetzen wäre!!

Verdammter Mist!

... und hübsch...

Du bist ziemlich groß...

Wolltest du was sagen?

Er ist der geniale Konditor?!!

Ha ha...

Nishino hat mir schon von dir erzählt...

Kennen kann man das jetzt nicht nennen...

Ich hoffe, du hast seither kein Geld mehr verloren!

WUPP くしゃ

Waaas?!

WUPP ぐいっ

So was kann einem Konditor herzlich egal sein!!!

Du bist doch viel zu groß für einen Konditor und zu dicke Finger hast du auch!!

Das sieht man dir gar nicht an!!

Sobald du im Laden bist, füllt er sich mit deinen Fans!

Wie bitte?!

Vielleicht hat dein ungewöhnliches Erscheinungsbild mit deinem Erfolg zu tun?

KAPITEL 76
Schäfer und verirrtes Schaf

Du bist aber früh dran!

Ich hatte gerade in der Gegend zu tun!

DINGDONG

Wer ist das denn?!

Nishi ...

Entschuldige mich kurz!

Das ist doch der Mann ...

... mit der süß duftenden Hand!!

Nein!!

Oh!

Als ich deprimiert war, weil ich im Restaurant nicht weiterarbeiten konnte, habe ich von seinem Kuchen gegessen und war wieder froh!

So was ist mir beim Essen vorher noch nie passiert. Deswegen wollte ich unbedingt den Konditor treffen, der ihn gebacken hatte.

Higure-san?!

Der Enkel meiner Chefin!

Er ist erst seit Kurzem wieder in der Stadt und ein Genie!

... reden wir von nichts anderem mehr als von diesem Konditor...

Irgend-wie...

Der sieht bestimmt so aus!

Der Enkel der Chefin?

PAH

... sieht's hier heller aus als früher! Hast du irgendwas verändert?

Ir-gend-wie...

Ich habe Angst, dass er mir mal böse sein könnte!

Wenn ich etwas falsch mache, hilft er mir!

Er ist sehr fleißig!

... hatte ich Hemmungen, sie an mein Herz zu drücken!

Am Tag unserer Trennung ...

Wenn ich jetzt...

... nochmal in diese Situation käme...

Daran, dass der Kuchen köstlich ist!!

Was?!

Wirk-lich?

An was denkst du gerade?

Wenn ich den Kuchen gegessen habe...

So, wie im Traum ...

Guten Appetit!

MAMPF

Higure-san kriegt das weit besser hin!

Ich wollte, dass er mehr nach Orange schmeckt!

OH

Das stimmt doch nicht!

...

Ähm...

Ja...

Also doch!!

Wollen wir ihn in meinem Zimmer essen?

KLACK

Du bist doch ...

... so wie letztes Jahr!

Ich soll wieder in ihr Zimmer...

ZACK

... mit mir zusammen...

... aber was...

Irgendwie macht mich das ziemlich nervös ...

... denn wohl gerade?

... was denkt Nishino...

Ich war zwar erst zweimal hier, aber ich weiß...

... und man gleich in Nishinos Zimmer kommt, wenn man ins Obergeschoss geht.

... dass einen am Eingang ein wohliger Duft empfängt...

Warte kurz! Ich bin noch nicht ganz fertig!

Noch ein wenig davon...

Wow! Sieht aus wie gekauft!!

... und schon ist er fertig!

Probier lieber erst mal... ♡

Die hat heute Abend Kochkurs.

Sie will in der Küche nicht schlechter sein als ich!

Wo ist denn deine Mutter?

Ja?

Ähm... ich bin's!

Ich komme gleich!

ピーポー DING DONG

Komm rein!

Doch nicht ...

Natürlich nicht! Reiß dich zusammen, Junpei!!

SCHWUPP

ドキン ドキン ドキン ドキン DODOMM DODOMM

Steckt sie nackt unter der Schürze?!

Danke, dass du gekommen bist!

SCHWANK

Ach so...

... Manaka-kun hat sich für ein paar Tage frei genommen?

* Izumizaka-Palast

Für dich habe ich auch eins, Misuzu!

Am besten gebe ich's euch wohl in der Schule.

Nichts Besonderes... Ich wollte ihm ein Omiyage* aus meinem Urlaub schenken.

*Mitbringsel

Wenn du meinst...

Es laufen gerade sehr interessante Sachen!

Wollen wir uns einen Film anschauen?

Und mir hat niemand was mitgebracht?!

Er war heute Morgen kurz da...

... aber anscheinend muss er seine Hausaufgaben fertig machen!

Warum wolltest du denn zu ihm?

Tja, dann muss ich ihn wohl zuhause stören...

Na gut...

... dann komme ich eben...

Schön, bis dann!

Wirk-lich?

Könnte es sein, dass ich aus einem anderen Grund kommen soll?

Sie hat doch so viele Freunde, die ihren Kuchen gerne probieren würden!

Vielleicht war das Kuchen-probieren nur ein Vorwand?!

Ich habe mich überreden lassen!

...

BIEP

Er hat mich ewig warten lassen und dann aufgelegt...

So was ist doch kein echter Freund!

Sie wird bestimmt nicht sagen, dass ihre Eltern nicht da sind!

Oh Mann! Ich kriege jetzt schon 'ne Krise!!

DONK

Was hast du mit mir vor, Nishino?!

DODOMM

DODOMM

Ich habe mir übrigens auch frei genommen.

Ich wollte dich bei deiner Arbeit anrufen. Gut, dass ich das nicht getan habe.

A... aaber...!!!

Ach ja ...

... magst du zu mir kommen?

... dasselbe Gefühl, wie gestern Abend in meinem Traum?

Ich kann dir gerne dabei helfen. Mit meinen bin ich schon fertig!

Ich brauche irgendjemanden, der meinen Kuchen probiert!

Gut... nein, geht nicht... nein...

Warum habe ich jetzt...

Ähm...

... ich habe noch so viel Hausaufgaben...

Es wäre schön, wenn du ihn probieren würdest!

Ich versuche gerade, einen Kuchen zu backen!

Nicht, dass wir noch den Gully klauen!!

Danke, junger Mann mit der süß duftenden Hand!!

Er ist wirklich nett!

Dann besorg mir ein Bikini-Foto von Tsukasa!

Bitte, Sotomura! Ich schaffe das niemals alleine!!

Entschuldige, ich kriege gerade einen Anruf...

Für was brauchst du denn so was?!

Ich soll dir meine Hausaufgaben zeigen?!

Bin ich auch, Nishino, aber...

Du hörst dich aber müde an!

Hallo, hier Manaka!

!!

Tja...

Ein paar mehr von dieser Sorte und es gäbe keine Schlägereien mehr!

Ist der groß!

HUCH

Was soll das?

Sammle das Geld schnell auf, damit nichts wegkommt.

Dumm gelaufen, Kleiner.

Sich erst prügeln wollen, und dann abhauen?!

Seine Hand riecht irgendwie süßlich!

Danke!

Hä?!

Guck!

GRIEN

*ca. 3,22 Euro

TUSCHEL

Egal! Herzlichen Dank!!!

Spinnst du?! 500 Yen sind viel Geld!!

TUSCHEL

Es fehlen 500 Yen*!

War das alles?

Parfüm, das nach Kuchen duftet?!

Parfüm?

Ähm... also...

Mir ist es so auch lieber! ♡

Was soll das?!

Aber...

Ich hab's eilig!! Ciao!!!

Dann wirst du eben für mich einspringen!!

ZIPP

Tojo hat bestimmt schon alles gemacht!!

Komiya-ma... Satsuki...

Vielleicht kann mir ja irgendjemand seine Haus-aufgaben leihen ...

... also jemand, der schon damit fertig ist...

... es wäre wirklich peinlich, sie nun deswegen anzurufen...

Leider haben wir schon länger nicht mehr geredet...

Jetzt brauche ich nur noch ein Telefon...

Wenn seine Schwester fertig ist, ist er es auch!!

Natürlich!! Sotomura!!

So, so...

... deine Hausaufgaben für die Sommerferien...

Geben Sie mir bitte bis zum 31.8. frei!!

*Izumizaka-Palast

MISUZU!!

Dieser Taugenichts will mich alten Mann wegen seiner Hausaufgaben alleine lassen!!

ÖCHTZ ÖCHTZ

GMP ぴょん

Waaas?!

Na, so was? Du streitest dich mit einem alten Mann?

Hallo!

Das stimmt wirklich!!

Du kommst hier her, um mir das zu sagen, aber helfen kannst du nicht...

Außerdem arbeite ich schließlich umsonst!

Auaaa...

A...aber hallo!

HUCH は.

Er ist eben einer von denen, die erst schrecklich nett sind und einen dann hängen lassen.

Dieser Trottel!!

Jun...

...pei...

...-kun!

Willst du nicht mit zu mir nachhause kommen?

Also... sind wir nur zu zweit?

Das ist doch prima, oder?

Was?!

Meine Eltern sind heute Abend nicht da...

Lass uns genau von da an wieder beginnen!

Erinnerst du dich noch an den Tag, an dem wir uns getrennt haben?

HUCH

KAPITEL 75
So süß wie kein anderer

Aha...

Ich fahre Zutaten für die Herbst-kreationen kaufen.

Hast du Lust, mitzukommen? Du darfst dann alles probieren!

Na?

Ah!

Hallo Nishino-san*!

KREEEK

*-san: höfliche geschlechtsunabhängige Anrede. Sie bedeutet Frau, Herr.

WROMM

Gerne!

Hört sich sehr interessant an!

Oh...

Tut mir leid, dass es hier so unordentlich ist!

Ach... das macht doch nichts!

Heute war der tollste Tag in meinem Leben!

Als Nächstes lernst du das Kraulen!!

...

Wirst du mich weiter trainieren?

Wenn du meinst...

Ich werde alles in mein Tagebuch schreiben, damit ich es nie mehr vergesse!!

Doch!

Du übertreibst!

... damit ich Nishino irgendwann mal vorm Ertrinken retten kann!

Ich muss richtig viel üben...

Hach! Ich will unbedingt wieder schwimmen gehen!

Uff...

Denk daran, vorwärts zu kommen!!

liih!!!

PADDEL
PADDEL

ZASCH
ZASCH

Komm wieder hier her!!

Ich kann schwimmen!

Ich kann schwimmen!

Ich kann schwimmen!

Ich kann schwimmen!

Hast du noch Luft?!

Mach dasselbe nochmal und schlag mit den Beinen!

Ich schwimme?!

Ja!

Ja!!

Nishino reicht mir...

... mit einem Lächeln die Hand...

Na?!

Ging mir auch so!

Als ich das erste Mal zur Kochschule gegangen bin, hat mich der ganze Kurs ausgelacht.

Bis jetzt wurde ich immer nur ausgelacht und wäre beinahe ertrunken.

Na ja...

Lass mich nur machen!!

Wenn du meinst...

... und bringt mich so einen Schritt weiter.

Lass mich bitte nicht los!!!

Ich will endlich mal...

... ihre Erwartungen erfüllen...

Bleib ganz ruhig liegen!!

Wenn sie bei mir ist, fühle ich mich immer total unterlegen.

Und das, obwohl sie es gar nicht darauf anlegt!

Ich glaube, dass es dir furchtbar peinlich ist, dass du nicht schwimmen kannst...

Wenn du es lernst, würde es dir wahrscheinlich ungeheuer Spaß machen!!

Was?!

Geh bitte nicht!!

Du würdest bestimmt hoffen, dass dir jemand hilft.

Stell dir vor, du wärst gerade am Ertrinken.

Können wir das nicht verschieben, bis der Sommer vorbei ist?

Ich hab's schon öfter versucht...

Und ich will dir dabei helfen, Schwimmen zu lernen!

Ich wünsche mir, dass du einer wirst, der so jemanden retten kann.

UAAAH!!!

Rein mit dir, Junpei!!!

PADDEL

WÜRSCHTEL

Man spielt keinen Ertrinken- den!!

He?!

PLATSCH

Blubb blubb ...

Wie... wie kannst du nur...

PLITSCH

PLITSCH

Junpei -kun!!!

...

... aber ich als Nicht-schwimmer kann da doch nicht hingehen!

Bitte, Herr im Himmel! Schick Regen-wolken!!

...

Eigentlich hätte ich Nishino schon gerne im Bikini gesehen...

Bitte, bitte!! Wenn es regnet, ist das Bad geschlossen!

Wenn man ein Schönwetter-püppchen verkehrt ans Fenster hängt, regnet es am nächsten Tag!

STRAHL

Willkommen in meiner Hütte!

Chef?!

Also, hier müsste es sein!

Was für eine Hitze!

... und wir da auch noch reindürfen?

Meinst du wirklich, dass dein Chef so reiche Leute kennt...

Ich wette, dass sie gerade verliebt ist!!

Ich bin gerade bei der Überarbeitung unseres Films.

Tsukasa-chan sieht wahnsinnig süß aus!!

*Das Schönwetterpüppchen hängen sich Kinder ans Fenster, damit sich ihre Wünsche erfüllen.

W...wie kommst du denn darauf?!

Könnte es sein, dass sie in **mich** verliebt ist?

Und ich mache mich auch noch zum Affen vor ihr?!

Und wenn es doch ein gleichaltriger ist...

Bei dem Gesichtsausdruck muss sie in einen richtigen Mann verliebt sein!

Es ist mit Sicherheit ein älterer Mann!

Was ?!

Waaas?!!

Wie man, ohne es gelernt zu haben, schwimmen kann?!

Du bist wirklich ein Nichtschwimmer?

Ach ja, an unserer Schule gibt es keinen Schwimmunterricht...

Mit wem willst du eigentlich baden gehen? Mit Tsukasa?

Vielleicht Lernen im Schlaf oder beim Lesen...

Keine Chance?

Ja...

Ach ja?

Für einen Mann ist es übel, Nichtschwimmer zu sein...

War klar, dass dir das irgendwann mal passieren musste!

Morgen, ins städtische Schwimmbad...

Da möchte ich zum Gucken kommen! ♡

Also... ähm...

Wie schön! Wann geht ihr denn?!

Wollt ihr gehen oder nicht?!

Nein... ich wollte doch...

CRÜBEL むす~

Wie wär's mit morgen? Falls ich frei bekomme...

Moment mal! Ich dachte, dass Junpei mit mir schwimmen gehen will. Irgendwas stimmt da doch nicht...

Der Enkel der Chefin ist ein berühmter Konditor...

... aber leider macht er uns viel Arbeit...

GRUMMEL

Ha... ha...

Hm?

Hast du das gehört?!

Was ist los, Junpei!

... oder weil es einfach so kommen sollte?

Ist das jetzt passiert, weil ich fragen musste...

Wie ich mich freue, Junpei!!

Endlich eine Gelegenheit, meinen Bikini anzuziehen!!

Morgen wäre hervorragend! Der Izumizaka-Palast hat nämlich morgen zu!!!

?

Dann habe ich aber keine Zeit zum üben...

...

Sag ihr, dass du zum Baden gehen willst und lass mich den Rest machen!

Das klappt schon!

Baden gehen?

Hallo? Ist da die Patisserie Tsuruya?

Da darf ich den Pool nämlich ganz alleine nutzen!!

Nicht da, wo ich hin will!!

Vergessen Sie's! Im Schwimmbad ist doch alles voller Leute!!

Bist du wirklich schon fertig?

Bei so vielen Kunden im Laden kannst du doch sicher nicht einfach gehen?!

Ein eigener Swimmingpool? Wahnsinn!!

Das wollte ich schon immer machen!!

Baden gehen?

Oh nein!!
Das habe ich
ganz vergessen!!!

*Izumizaka-Palast

Das glaubst
du doch selbst
nicht?!

Nein,
das hätte
niemals
passieren
dürfen!
Tut mir
echt leid!!

... in meinem
Kino ist nicht
viel Publikum
und du hattest
bestimmt
Spaß.

Dein
unent-
schuldigtes
Fehlen ist
nicht so
schlimm...

Wenn es dir
wirklich leid täte,
dann würdest du
mir das deutlicher
zeigen!

Aber
bitte werfen
Sie den Müll
weg, wenn ich
nicht da bin!

MURMEL
MURMEL

*verniedlichende Anrede für gute Freunde und kleine Kinder

Verstehst
du? Ruf sie
an und
bestell
sie her!

DÜS

Mich
alten Mann
interessiert
es zwar
wenig,
aber...

Wie sollte ich
mich denn ent-
schuldigen?!

... du
könntest
dafür sorgen,
dass ich
Tsukasa-
chan* im
Badeanzug
sehe. ♡

Moment
mal! So
einfach wird
das nicht
gehen!!

POFF

Sie schafft's bestimmt, alleine zu leben!

Bis zum Schulbeginn wird ihre Mutter bei ihr wohnen und ihr Kochen usw. beibringen.

... und Yui ist schon in ihre neue Wohnung eingezogen.

Die Sommerferien dauern keine zehn Tage mehr...

...

... aber morgen werde ich wieder zur Arbeit gehen...

In den Ferien war ja ganz schön viel los...

Das erste Mal seit einem halben Jahr.

Endlich wieder in meinem eigenen Bett.

Jedes Mädchen...

... muss davon begeistert sein!

KAPITEL 74
Unterricht in Badesachen

... wird mir Junpei ganz bestimmt sofort helfen!!

Natürlich...

... ich werde für immer Yuis Freund sein!!

Nicht wahr, Junpei?!

Sie wird morgen mit demselben Zug fahren ...

... also bin ich alleine gefahren.

Yui wollte noch einen Abend bei ihren Eltern bleiben...

... geht mir ihr komischer Blick nicht mehr aus dem Kopf...

Irgendwie...

Ich werde nicht mit Junpei zurückfahren!

Ich will in Zukunft alleine wohnen!!

Seit es kein Wohnheim mehr gibt, wohnen die meisten von ihnen allein.

Warum das denn?!

Auf der Oumi sind noch viele andere Schülerinnen, die von weit her kommen.

Waaas?!

Aber... wenn ich irgendwelche Probleme habe ...

Ich dachte, das wäre am besten.

Alleine wohnen?!

HA HA HA HA

...

So, wie sie heute Nacht geweint und gebrüllt hat, habe ich mir wirklich Sorgen gemacht!

DONK

SUUN

BRITZEL

Das ist ja auch kein Wunder, schließlich seid ihr wie Geschwister aufgewachsen!!

... warum sie so viel geweint hat, nachdem wir hier hergezogen sind.

...

... und ich weiß...

Nun ist mir klar, dass nichts zwischen euch war...

Sag bitte Manakas Eltern, dass sie sich keine Sorgen mehr zu machen brauchen ...

Ah, Yui!

Ich weiß nun, dass ich euch vertrauen kann. Du wirst mit Junpei zurückfahren!

Hm?

Bist du endlich wach?

Immerhin hast du zwölf Stunden geschlafen.

Du musst ungeheuer müde gewesen sein.

Deine Mutter hat mir erzählt, dass du direkt nach einem Gasshuku zu uns gekommen bist.

Hast du gut geschlafen?

WUPP

!!!

Und deswegen...

... und nur deswegen so viel gelernt, um mit mir zusammen sein zu können?!

Für was hat sich Yui denn sonst so angestrengt?!

Vielleicht ...

... hat Yui es tatsächlich ernst gemeint...

Sie als ihr Vater wissen das doch!

Junpei-kun*?

Alles ist so verschwommen...

Na, so was?

Du hast Recht...

*-kun: Anrede für Jungen und jüngere Männer. Aber auch ältere Männer reden Mädchen mit -kun an, das klingt weniger förmlich.

Junpei!!!

PLUMPS

Was ist mit Papa?!

Ich dachte, du würdest morgen Früh kommen.

Yui?!

Mama!!!

... also weißt du...

Ähm...

Er ist aufgestanden und wieder gesund!

Mich hat es nicht umgehauen!!

DONK!!!

Junpei!!

Da seid ihr ja endlich!

Herr... Minamito...?

ZWIPP HIKim

Bist du bekloppt?!

Am Bahnhof werden wir bestimmt ein Taxi kriegen!!

Jun...

Wir fahren sofort hin, nicht dass ihm was Schlimmes passiert ist!!

Was soll ich dazu sagen?

Er stellt sich komische Sachen vor und kippt deswegen um!

Ich mache mir wirklich Sorgen!

WRUUM

Hm...

... ja...!!

SCHNÜFF SCHNIEF

...ihm geht's bestimmt ganz gut, aber wir sollten trotzdem fahren ...

Sorry ...

Sagen Sie ihr das!

Sie hat aber gesagt, dass es dringend sei!

Ich will nicht ans Telefon gehen!

Warum hast du das getan?!

Das ist bestimmt deine Mutter. Ich hatte ihr die Telefonnummer gegeben.

AH!

Er ist vor lauter Sorge um dich umgekippt ...

Irgendetwas ist mit deinem Vater passiert...

Nachdem er gehört hatte, dass wir beide im Ryokan übernachten, ist er umgekippt...

...und jetzt liegt er da und ruft nur noch meinen Namen.

Was ist passiert?

Keine Ahnung. Er muss wohl ins Krankenhaus!

KLACK

BROOM BROOM

...

RRRING

MURMEL

Papa?

Ja?

KLOPF KLOPF KLOPF

Verdammt, bin ich müde!!

Hm?

Was soll das?! Es ist zwei Uhr nachts!!

He!

KRR KRR

KLACK

*-suma: sehr höfliche geschlecht-sunabhängige Anrede

Ent-schuldigung!

Ein Anruf für Yui Minamito-sama*!

Oh Gott!!!

Dieses Gesicht!! Und dann noch dieses Nacht-hemd!!

Uaaah!!!

Bitte!

Junpeis Kopf

Hoffentlich bleibt sie so ruhig.

... nachdem wir uns nackt im Bad gesehen haben?

GRÜBEL

Habe denn nur ich ein Problem damit, dass wir zusammen schlafen...

Gott sei Dank hat sie sich den Gürtel umgebunden. Sonst schläft sie ja immer nackt.

Erstaunlich, dass sie nach dem, was sie zu mir gesagt hat, schlafen kann.

Hach...

Ich...

...

Ich schlafe jetzt, basta!!

Ich darf nichts machen, gar nichts!!

FWAPP

Hm...

Rrraaah!!

Warum liegst du eigentlich so weit weg?!

Was?

He! Yui!!

Zieh mir nicht die Decke weg!

POFF

WUPP

Soll ich sie ausmachen?

Nö, dann wird's zu heiß!

Irgendwie ist die Klimaanlage ziemlich laut...

Sie hat mich total gern?!

Sie ...

PLOTSCH
ぽかーーん

Ich gehe jetzt schlafen...

...aber vorher muss ich noch aufs Klo...

HI HI HI...

... Ich ziehe mal besser die Futons auseinander...

Tja...

Hoppla...

... die Kamera lief...

... es gibt sicher noch mehr Sachen, die sie gern hat...

Das hat bestimmt nichts zu bedeuten...

BIEP

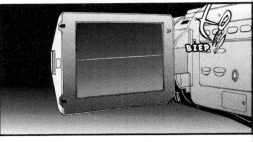

Dann bringt dich dein Vater um!

Bei dir zuhause ist es viel schöner als bei mir!

Das ist mir egal...

... jetzt einfach wieder mit zu dir nach- hause fahren?

Vielleicht sollte ich...

Hi hi...

Dann glaubt doch jeder, ich würde mit meinem Geliebten durchbren- nen!

So ein Unsinn!!

Du willst also die Schule nicht wechseln, weil ich ein Freund bin. Du würdest doch aber auch neue Freunde finden!

Das war gelogen!!

Ent- schul- dige!

Ich hätte kein Problem damit, dich mitzunehmen.

Du darfst ruhig sagen, was du denkst!

Ich wollte vor sechs Jahren absolut nicht umziehen...

Vielleicht hast du noch nicht mitbekommen, was für ein Tyrann mein Vater ist.

... aber er hat mir gesagt, dass ich nach Izumizaka zurück darf, um auf die »Oumi« zu gehen.

Ich habe wie wahnsinnig gebüffelt und die Aufnahmeprüfung geschafft...

Aber sag mal...

... ich habe doch wirklich nichts Schlimmes mit dir angestellt, oder?

Es könnte sein...

... dass das heute der letzte Abend ist, den wir gemeinsam verbringen.

KAPITEL 73
Yuis Held

... ganz bestimmt nicht!

Junpei!

Nein...

Es könnte sein ...

... dass das heute der letzte Abend ist, den wir gemeinsam verbringen.

Mit dir ist es aber auch okay!!

A... aber...

Die Alte kann uns bestimmt Streichhölzer und einen Eimer leihen!!

Ich habe Feuerwerk gekauft...

Wa... waaas?!

... um es heute Abend mit meinen Freunden abzubrennen.

HUCH

Oh ...

Wie hübsch!!

Du hast »Yui« geschrieben?!

PSSSH

Hi hi ... genau!

Na gut...

... das beruhigt wenigstens die Nerven vorm Schlafengehen.

PSSSH

Meine Kamera.

Was suchst du denn?

Ich wollte dich filmen.

Doch, natürlich!

Willst du nicht weiter Spaß haben?

?

Wie sollten wir denn Spaß haben?

Ich habe da einganz mieses Gefühl!

... und viel Spaß! ♡

Gute Nacht...

HUCH

Ach ja...

Eure Betten sind gemacht...

SCHOCK

So was muss man doch einfach kapieren!!

Ich werde verrückt!

Das gibt's ja wohl nicht!!

Ah!

...

Was für schöne Blütenblätter!!

Hat sie das mit dem speziellen Service gemeint?

Puh... ein Glück, dass deine Mutter rangegangen ist.

ぱ ぱた TAPP ぱ た TAPP

Du hast bei mir zuhause angerufen?

KLACK GACHA

Tja... sieht so aus...

ドキ DODOMM DODOMM ドキ

Oh Gott! Warum bin ich nur so aufgeregt?!

Ist Papa immer noch sauer?

Sie ist zu einer richtigen Frau geworden...

... aber vielleicht habe ich mir das auch nur eingebildet...

Iiih!!!

WUPP

PLATATSCH

...und deswegen feststeckst?

Kann es sein, dass du dicker geworden bist ...

Di...dicker geworden?!

Was fällt dir ein?!

Hach, wie schön ...

Ge- schafft?!

Ja ...

Wahr- scheinlich, weil du mich gedreht hast...

Junpei, dein Handtuch rutscht runter!!

SCHWUPP

Ups.

Ich gehe besser. Hier ist es mir zu heiß!

はっ...

HUCH

ゴ

ッ

ERRÖT

Moment, ich muss mich erst vorbereiten!

Gut, dann zieh mich jetzt raus!

Ich habe doch gar nicht geguckt!!

ばっしゃ
PLITSCH

ばっしゃ
PLATSCH

Was starrst du mich so an, du Lüstling?!!

ばっしゃ
SPRITZ

SCHOCK

WUPP

!!!

Ich bin doch kein Kind mehr!

WUPP WUPP

Hm? Ich würde trotzdem sagen, dass sie...

Ich kann auf die andere Seite tauchen!

Mach keinen Unsinn!!

So was macht eine erwachsene Frau nicht!!

PLATSCHER

WHOPP

Das Bad ist nicht abgetrennt?

Oh.

Neiiin!!! Was machst du da, Yui?!!

Ähm...
was willst
du damit
sagen?!

Hop
DASH

Yui?

Yui!!

Ich bin
erwachsen
geworden!!

Nenn
mich nicht
nochmal
ein Kind!

GRÜBEL GRÜBEL

Heißt das,
dass sie vorhin
im Zug ...

Er-
wachsen...

Körperlich ...
Oder geistig?

PLATSCH

Ah... ihr habt letztes Jahr im Kameya Nr.8 übernachtet.

Na klar!!

WHOPP

Letztes Jahr auf dem Gasshuku* haben wir im Kameya übernachtet!!

Gib mir sofort meine Perücke zurück!!

He!

Kurze Zeit später begann ich hier zu arbeiten. Meine Hotelgruppe expandierte.

*so etwas wie ein Trainingslager

Kein Problem! Zwei Personen?

Wir übernachten bei Ihnen, der Rest bleibt geheim!

Uaaah !!!

Warst du das Mädchen, das mit ihm im Futon-Lager war?

Wenigstens ist es hier gammelig und billig.

Herzlich willkommen im Kameya Nr.2!

Die Alte hat Satsuki und mich beobachtet!

Für Pärchen gibt es natürlich einen speziellen Service...

Ryokan Kameya

Wie wär's mit dem großen Hotel da drüben?

Hallo?! Das ist doch viel zu teuer!!

Ich dachte eher an was Gammeliges und Billiges...

SWIRL くるっ

Das »Kameya« ist das beste Ryokan in der Gegend! Es ist sauber und das Personal freundlich!

Ich kann es empfehlen!

HUCH

Guck mal!!

Obwohl ich ziemlich müde bin...

»Ryokan Kameya«

Irgendwo habe ich den Namen schon mal gehört... Wo nur?

Was denn?

Ryokan Kameya

Ryokan Kameya

Mein Vater soll endlich begreifen, dass ich nichts tue, wofür ich mich schämen müsste!

Nein, wirklich nicht...

War ich denn irgendwann schon mal nicht dein Freund?

Bitte?

Morgen fahre ich dann heim!!

PATSCH

Sei heute Nacht mein Freund, Junpei!

Danke, Junpei!

...

Iiih!!

FLAPP

Ha ha ha...

Es gibt keinen Mann, der nicht über ein erwachsenes Mädchen herfallen würde, das nackt im selben Zimmer schläft!« Unglaublich!!

Ist doch übel, wie er über mich denkt!

ばったりー
POFF

... auf keinen Fall nachhause!

Ich will Papa nicht sehen!!

*japan. Hotel

Da gibt's doch gar nichts!

Nicht weit vom Bahnhof ist ein Ausflugsort. Da gibt's bestimmt ein Ryokan*!

... willst du wirklich nicht zurück nachhause?!

Sag mal...

... ich kann auch deinen Vater verstehen.

Ich weiß, wie du dich fühlst, aber...

Waaas?!

An der nächsten Station steigen wir aus!

KAPITEL 72
Der letzte Abend

INHALT

Band 9 - Schäfer und verirrtes Schaf

Ein  **TOKYOPOP** Manga

TOKYOPOP GmbH
Bahrenfelder Chaussee 49, Haus B
22761 Hamburg

TOKYOPOP
1. Auflage, 2007
Deutsche Ausgabe/German Edition
© TOKYOPOP GmbH, Hamburg 2007
Aus dem Japanischen von Stefan Hofmeister

ICHIGO 100% © 2002 by Mizuki Kawashita
All rights reserved.
First published in Japan in 2002 by SHUEISHA Inc., Tokyo.
German translation rights in Germany, Austria and Switzerland arranged
by SHUEISHA Inc. through VIZ Media, LLC, U.S.A.

Redaktion: Michael Schweitzer
Lettering: Janet Riedel
Herstellung: Birgitt Steven
Druck und buchbinderische Verarbeitung: Clausen & Bosse GmbH, Leck
Printed in Germany

ISBN 978-3-86580-599-7

www.tokyopop.de

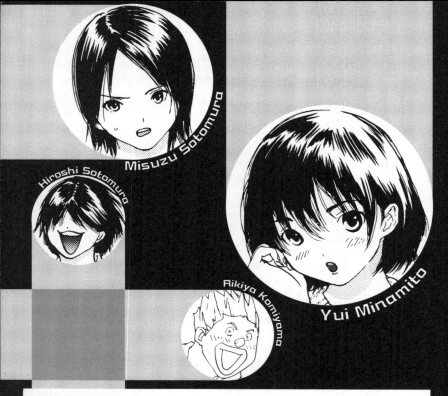

Misuzu Sotomura

Hiroshi Sotomura

Rikiya Komiyama

Yui Minamito

WAS BISHER GESCHAH

Der Schüler Junpei Manaka träumt davon, ein großer Filmemacher zu werden. Als er sich mal wieder auf das Dach der Schule verzieht, fällt aus heiterem Himmel ein Mädchen vor seine Füße... Kaum hat sich die Schönheit wieder aufgerappelt, macht sie sich sofort aus dem Staub. Alles, woran sich Junpei erinnern kann, ist sehr brisant: Das Mädchen trug einen Schlüpfer mit kleinen Erdbeeren drauf, der beim Sturz sichtbar wurde. Leider (für unseren Junpei) ist nicht Tsukasa Nishino, der er zuerst ein Liebesgeständnis gemacht hatte, sondern Aya Tojo, mit der er sich sehr gut über seine Träume unterhalten kann, die rechtmäßige Trägerin des ominösen Höschens. Mit einigen seiner alten und neuen Freunde gründet Junpei einen Filmforschungsclub, kurz »Fifo«. Und schon wartet das nächste Problem auf ihn: Satsuki Kitaoji erklärt ihm ihre Liebe, und da Junpei niemanden verprellen will, sind es nun drei Mädchen, um die er sich kümmern muss. Das wiederum lässt sich Tsukasa Nishino nicht gefallen. Sie macht Schluss mit ihm. Etwas später taucht Yui Minamito auf, eine Freundin Junpeis aus Kindertagen. Sie will auch auf die »Oumi-High«, was sie dank Tsukasas Hilfe auch schafft. Leider muss Yui nun aber weiterhin bei Junpei wohnen. Dieser Umstand ist für ihn nur schwer erträglich – mit einem Mädchen in einem Zimmer...

Unser Held, der neuerdings in einem Kino jobbt, trifft in einer nahe liegenden Konditorei zufällig auf Tsukasa, die sich dort ein wenig Geld verdient. Sie wird vom »Fifo« als Hauptdarstellerin für dessen neuen Film ausgewählt und sie fahren gemeinsam aufs Land, um zu planen. Bei dieser Gelegenheit lernt Junpei Aya ganz unverhofft von einer bisher unbekannten Seite kennen. Wieder zuhause erreichen Junpei Briefe von Yui – mit einem Hilferuf...

Aya Tōjō

DIE CHARAKTERE

Junpei Manaka

Satsuki Kitaōji

Tsukasa Nishino

Higure

SHONEN JUMP MANGA

100% Strawberry

Mizuki Kawashita

Band 9
Schäfer und verirrtes Schaf

HAMBURG // LONDON // LOS ANGELES // TOKYO